爱情之谜

What
Is
This
Thing
Called
Love

［美］金·阿多尼兹奥 著

梁余晶 译

Kim
Addonizio

四川文艺出版社

致罗伯特——两次闪电

目录

1

Ⅱ

III

IV

译序

梁余晶

　　美国诗歌基金会播客节目主持人柯蒂斯·福克斯说："据我所知，美国没有康斯坦丁·卡瓦菲斯那样的诗人，痴迷于描写与年轻漂亮的男人们一次次的感情邂逅。可能有一个诗人例外，就是金·阿多尼兹奥。"的确，翻开她的诗集，迎面而来的都是酒吧、爵士乐、朝生暮死的爱情、女人的身体、男人的身体、失恋之痛、死亡之痛、人生之痛。这些东西本无特别之处，关键是她把一切都呈现得如此细腻与完美，如此真实，又如此迷幻。至少在当代美国诗坛，她自成一派，无愧于《圣迭戈联合论坛报》对她的评价："这个国家最刺激、最尖锐的诗人之一。"

　　作为一个译者，我有时思考什么样的作品会进入翻译的视野。外国文学的中译，最常见的有三种情况：一是作品本身已成历史经典，自然会被译者盯上；二是当代作品，若得了诺贝尔文学奖、布克奖或普利策奖之类的大奖，洛阳纸贵，也会成为抢手货；三是私人交往，若译者偶然结识一个外国作家，觉得作品不错，出于私交，也乐意将其译介到中国。但也许，还有第四种情况，即抛开一切历史与现实的因素，单凭译者本人的喜好和眼光，从一堆作品中把心仪之作挖出来，不管作者有名无名，都坚信其值得译介。这种情况不多，但确实会有。

我平时经常往各英文刊物投稿，同时也很关注这些刊物发表了些什么作品。一个偶然的机会，金·阿多尼兹奥这个名字进入了我的眼帘。我先是在芝加哥《诗》上读到她的几首诗，觉得很独特，后来又陆续读到她更多的作品——她的诗在各大刊物出现的频率很高——但直到我买了她的几本诗集，才决定要译。很简单，这么有趣的诗人，不译可惜了。直到这时我都没有去搜索她的详细资料，管她有没有得过大奖，那不重要。其实，我平时读诗很少关注作者是谁，"金·阿多尼兹奥"是我记住的为数不多的几个名字之一。

金·阿多尼兹奥，意大利后裔，1954年出生于首都华盛顿，母亲是网球世界冠军波林·贝茨，父亲是体育专栏作家鲍勃·阿迪（她出生时名为金·阿迪，后改为阿多尼兹奥）。她曾在乔治城大学与美利坚大学就读，但都肄业，后在旧金山州立大学拿到本科毕业证与硕士学位。1994 年出版第一本诗集《哲学家夜总会》。1997 年出版诗体小说《吉米与丽塔》，此书于 2012 年再版。2000 年出版的诗集《告诉我》入围"国家图书奖"短名单，但与大奖擦肩而过，该书参与另一奖项"美国国家书评奖"角逐时为她带来了一个绰号"穿太阳裙的查尔斯·布考斯基"，然后立马出局。2004 年出版诗集《爱情之谜》，2009 年出版《星光中的路西法》，2014 年出版《我的黑天使》，2015 年由英国血斧出版社出版诗歌精选集《狂野之夜》，2016 年出版诗集《致命垃圾》。到目前为止，共出版诗集七部，另有一本西班牙语诗集和一本阿拉伯语诗集（皆为译本）。

其他著作方面，阿多尼兹奥著有长篇小说《小美人》与《我的梦在外面街上》，短篇小说集《在名为快乐的盒中》与《幻觉宫殿》，回忆录《穿太阳裙的布考斯基》，另有两部创意写作教科书《诗人指南：指引写诗之乐》（与人合著）与《平凡的天才：指引心中的诗人》。此外，她还与他人合作，出过两张诗歌音乐 CD。阿多尼兹奥极具表演才能，非常善于读诗，对于爵士乐也很有造诣，这两张 CD 中音乐与诗结合得相当完美，可当读诗典范。编著方面，她是《2009最佳新诗人》的主编，也是《"手推车奖"第40卷》的诗歌编辑。重要奖项方面，她得过两次"手推车奖"，一次诗歌，一次散文。2005年获古根海姆艺术基金，两次获得美国国家艺术基金会基金，并获约翰·西阿第终身成就奖。个人生活方面，阿多尼兹奥曾经长期居住在旧金山，现居加州奥克兰，有一个女儿：演员阿雅·卡什。其他生活细节，可参见她的回忆录文集《穿太阳裙的布考斯基》。

《爱情之谜》是阿多尼兹奥的第三本诗集，也可算是作者写作生涯的转折点。她的前两本诗集都是由纽约BOA出版社出版，这是一家小的独立出版社。从这本诗集开始，出版社换成了名声更大的诺顿。本书英文书名来自于一首流行歌曲，由科尔·波特于1929年创作，曾被多名歌手翻唱，歌词如下：

　　这名为爱情的东西是什么？

　　这可笑的、名为爱情的东西

　　有谁能解开它的谜？

　　为何它要来捉弄我？

在美妙的一天我看见你

你带走我的心，又丢弃

因而我问天堂里的上帝

这名为爱情的东西是什么？

在美妙的一天我看见你

你带走我的心，又丢弃

因而我问天堂里的上帝

这名为爱情的东西是什么？

　　在这本诗集里，阿多尼兹奥的性爱主题与身体写作风格展现得淋漓尽致，毫无保留。全书共五十四首诗，分成五组，总的趋势是从身体与性爱出发，在主题、风格上逐渐变得复杂，越来越多变。第一组的十三首诗，基本可以看作阿多尼兹奥标签式的作品，火辣、性感，既细腻又坦率。对于一部分读者而言，这样的诗无疑是具有审美挑战的。很明显，阿多尼兹奥不是一个想要讨所有人喜欢的作者，喜欢她的读者自然喜欢，会情不自禁读完整本诗集，而不喜欢的，也许读了第一组诗就远远避开。两类读者我都见过，但令人高兴的是，第一类读者显然远远多于第二类。

本书中的大部分诗歌，在两年前就已译完，并在各种媒体上传播，受到不少好评，部分译作曾于《世界文学》《桃花源诗季》《光年》刊登，特此感谢。后由于出版过程中一些烦琐事务，直至两年后的今日，诗集才得以面世。不管怎样，对于中国读者来说，阿多尼兹奥是一个全新的诗人，这是她诗集的第一个中译本，也是我第一次在中国大陆出版译诗集，希望大家喜欢。

2018 年 12 月于惠灵顿

风把我摇了一整夜；

在梦中摇我，

如同一种爱的定义，

说，就是这个时刻，

现在，此地。

　　　　——露丝·斯通《绿苹果》

布鲁斯是真正的生活事实。

　　　　——威利·狄克森

I

第一个吻

事后你那喝醉酒、嗑过药的样子
我女儿曾有过，当她放开
我的奶头时，嘴松弛下来，眼神
迷离，仿佛双眼之后
奶水在上涌，填满她
整个脑袋，脑袋懒懒地挂在脖子
的白色茎秆上，于是我把她抱得
更紧，对满足感的巨大力量
感到惊奇，完全不像要吃奶时，
四肢乱动，大哭大嚷，直到
她抱牢我，把我们之间的封口
贴紧，开始吮吸，让液体在我体内
流动并吸出；不，这是至高无上
的加冕时刻，她给出了自己，
知道可以向我展示她有多么
无助——我看到的就是如此，那天夜里，
在一座焚毁的教堂前，

你把嘴从我嘴上拉开，

然后背倚铁丝网：一个男人，

即将变得如此脆弱，

如此容易，又不可能去伤害。

偷来的时刻

发生了的事，都已发生。如今最好的
回忆是——他切成片的橙子：橙皮
完好，然后刀落，冰凉的一块
送到我嘴里，他的嘴，我们之间
有层薄膜，那只精致的橙子，
舌头，橙色，我的裸体，他的，
还有他把我顶到冰箱上的动作——
现在我又感到他的手，那个吻
没有持续，但透过果皮狂野地
传出两道神经的震颤。
爱很无情，它就这样闯入，
不断放射光芒。我们在炉边
吃一个橙子。桌上放着
紫色的花。我们还有几个小时。

布鲁斯：致但丁·阿利基耶里

……没有了希望，我们在欲望中活下去……

《神曲·地狱篇》第四章

我们的房间太小，床单闷热粗糙——
我们的房间像个地狱，我们觉得，
于是干掉了半升买来的杜林标酒。

我们走过阿诺河，然后走回来。
我们走了一整天，黄昏时迷了路，
争吵，漫无目的地兜圈子。最后

我们找到旅馆。第二天出发去罗马。
我们找到洲际酒店，和一座满是骨头的教堂，
在酒店套间吃外卖中餐，没有其他人。

这并非一次重大旅行，仅仅顺道来玩。

这并非永恒的爱，或类似的废话。
这不过是一件发生了的事情……

我们整理手提箱，把租来的车还掉。
我们打包纪念品，去往机场酒吧，
一路聊着色情文学，和电影明星。

曾经

街道塞满了出租车和豪车，
还有那些醉汉的欢声大笑；
华盛顿广场公园的长凳
被情人们占据片刻，又换成了

在《纪事报》下直挺挺咳嗽的人。
我们坐在一座大教堂台阶
冰冷的石板上，为了忍住不吻你，
我凝视着与之同名的餐厅上方

那只卡通驼鹿，它蓝色霓虹灯
组成的脸，决定自哀自怜，
这是解开复杂情感之结
的最佳方法。为爱付出太多了，

亲爱的。我们在一起的年月正远离，
停留在雾中的汽车尾灯里。我呼吸着

你熟悉的气味——托斯卡纳男士香水、
骆驼烟、甜甜的酒味——同时忍住

不看你的脸，知道我仍然是个
对美无法抗拒的人。不远处，有人
从次中音萨克斯管中倒出音符，尖声
奏出一首本就忧郁的曲子。很快

我就会独自开车回家，在狂怒中流泪，
把收音机扭到我能忍受的最大音量——
或者我会靠向你，对你说出
我认为可以让你回头的任何谎言。

如果你在读这首诗，已是多年
以后了，一切都已太迟，
事情总是这样，在这样的歌中
事情总是这样。

那又怎样

你猜猜看。如果爱仅仅是化学反应——
苯乙胺，那种分子
在头脑密室里引起眩晕，烟雾中
响起热辣的比博普爵士乐，但那不会长久，
等到清洁工把磨坏的凌乱地板
拖干净，吹起难听的口哨，
所有内啡肽都会冷却，如同熄灭的
玻璃蜡烛杯，空气充满回忆的腐味。
那又怎样，你说；外面，一个阴影
把喇叭从盒里举起，像举起某个铁块，
朝着大门紧锁的店铺
散播一些绝好的乐章。你已不再
相信那里还有什么，但你仍满怀
骚动，停步，等待，努力倾听。

31 岁的情人

当他脱掉衣服，
我想到一块正打开包装的黄油，
那种牛奶般的光滑质感，
从冰箱拿出来时它还很硬，
就像他的身体很硬一样，结实
高耸的胸肌，乳头像崭新的硬币
压进胸脯，下方腹肌铺展开来。
我看着他的手臂，形状仿佛
被一把刀削过，刻画出曲线，
三角肌、二头肌、三头肌，我几乎不信
他是人类——背阔肌、髋屈肌、
臀肌、腓肠肌——他被制造得如此完美。
他裸体站在我卧室里，还没受到
任何损害，虽然他很快就会
受到损害。有一天他会长出肚子，
铁丝状的白发，流尽柔软的深色
纤维，他皮肤的奶油色也会

松弛，慢慢分离，罩着一团矮小稳定的火焰，

他对此不知道，正如我曾经不知道，

我也永远不会告诉他这点，

我会让他在床上摊开身体，

这样就能一次次吸纳他的

富饶资源，用我唯一能做的方式将其夺回。

缪斯

我走进屋时，
还没到吧台，男人们就给我买好了酒。

一晚之后他们便爱上了我
哪怕我们没碰触过。

告诉你，我特别擅长这点破事。

他们想起我就冒汗，
独自在廉价房里，他们听着

隔壁传来的呻吟
会猜那是不是我

发出一声尖叫，像火车哀号而过。

但我已在两州之外，和一个男孩躺在一起，

让他饮着我喉咙搏动时涌出的雨水。

没人离开我，都是我在选择。
我一出现，就像人行道上的钱。

你听，宝贝。电话线里飘来的就是我的高跟鞋声。

我是那一冲而下的乌鸦
你猛然望见我

越飞越远，这时痛苦
会深深扎进你

你就得闭上眼睛，哭泣，像个该死的女人。

你不知道什么是爱

但你知道怎样在我心里唤起它
像绞盘从河里拉起一个死姑娘。你知道
怎样洗掉泥污，洗掉我们过往的恶臭，
怎样干净地开始。这种爱甚至端坐着
眨眼；她很惊奇，迈出颤抖的步子。
现在她每天想吃固体食物。她想
跳上一辆快车，车底贴地，驶向
沙漠中某个煤渣砖砌成的屎坑，
她可以在那喝酒，生病，然后跳舞，
除了内衣什么也不穿。你知道
她去向何处，你知道她醒来时
会有难言之痛，身无分文，
极度干渴。所以，去你的
那双在我衬衣里滑行的热手，
还有那条氧气管一样
伸进我喉咙的舌头。拿黑塑料布
把我盖住。让哭丧者们过来。

布鲁斯：致罗伯托

这是场丑陋的马戏，再次离开你。
这是个狂欢举动：被绑住、锁住，
在玻璃水缸一沉到底，几乎淹死。

我已自由了。我不可思议。
我已如此之好，我很可怕。
带几头大象来，它们巨腿蹒跚。

带一头狮子来，我把头喂给它。
带一小片废纸把血迹擦干。
我会把自己吊死在钢丝上，赤身裸体……

曾经你爱我，但走开了。
曾经次数太多，像我这样的女孩——
从那时开始，我已让你一次次偿还。

别打电话来，永远。我会说对不起。

别打电话来，我告诉你：这很无聊，无聊，
总是一下跳到故事的结尾。

这就是结尾。我要离开城市。
这就是结尾：帐篷已拆毁，
动物们发出困兽的叫声。

从那以后：一首帕拉德尔诗 [1]

他侧身躺着，像只打翻的玻璃杯。
他侧身躺着，像只打翻的玻璃杯。
只剩一点点甜蜜，可怜的男孩。
只剩一点点甜蜜，可怜的男孩。
只剩他的小谎言，一种玻璃般的甜蜜。
可怜的他，孤零零一人，被打翻在侧。

如今她更爱他了，但她不会回头。
如今她更爱他了，但她不会回头。
她在梦里哭，把他的脸画成一个女孩。
她在梦里哭，把他的脸画成一个女孩。

---

[1] 关于帕拉德尔诗，参见比利·柯林斯的《致苏珊的帕拉德尔诗》，出自诗集《野餐，闪电》。——作者原注

帕拉德尔诗是一种当代诗歌形式，由美国诗人比利·柯林斯于1997年所创，为了戏仿法国的维拉内拉诗。柯林斯原本宣称帕拉德尔起源于11世纪的法国，后承认是他自己创造的。因为是戏仿，该诗规则极为严格，基本等于文字游戏，但也引起了不少当代诗人的兴趣。——译注

梦里女孩的脸，如今她不会爱他了，
只爱他的脸。回来吧，她边画边哭。

雨落在他们共同住过的房子上，天黑了。
雨落在他们共同住过的房子上，天黑了。
大雨砸在屋顶上，她独自在那儿，感到害怕。
大雨砸在屋顶上，她独自在那儿，感到害怕。
在屋顶上。雨如瀑布。房子孤零零的，
感到害怕。在那里，她跌倒在黑暗中。

此刻，黑暗中，他在做梦。
她如同他体内的一种甜蜜；她也爱他。
但这画出更多谎言。害怕中，他的脸变得扭曲。
小男孩继续独自居住，只有女孩可怜的屋顶被
打翻。它破裂时，房子像他们离开时那样哭了。
她下起了雨。一块玻璃落下，落下。

商籁尼兹奥：关于德莱顿的一行诗 [1]

既已无可挽回，就让我们以吻作别；

或无论如何，先吻，就这样，让我们从接吻部分开始，

因为这比告别部分要好，不是吗——

我们擅长接吻，我们喜欢这一部分进行的方式：

我们张开双唇，我们的嘴越来越近，

然后我们紧贴，我的乳房，你的胸，我们的身体准备

---

[1] 商籁尼兹奥源于13世纪的佛罗伦萨，是瓦尼·福齐所创的一种恶搞诗体，主题通常表达永恒的爱情是不可能的。但丁为了报复，在《神曲·地狱篇》中把瓦尼·福齐当作小偷丢进了地狱第七层。商籁尼兹奥原本每行十一音节，后逐渐摆脱格律束缚，并开始涉及更多不同主题。商籁尼兹奥长度为十四行，以他人商籁诗中的一行开篇，其后每一行诗都重复该行中的一个词，最后以押韵的两行诗结尾。——作者原注

此诗第一行是文艺复兴诗人迈克尔·德莱顿（Michael Drayton, 1563–1631）的名句"既已无可挽回，就让我们以吻作别"。作者原注内容纯属编造，全是戏仿商籁体（十四行诗，Sonnet）。"商籁尼兹奥"明显由"商籁体"和"阿多尼兹奥"合成而来。商籁体长度十四行，每行十个音节，主题基本是爱情，作者编造的"商籁尼兹奥"则是戏仿。此诗原文每行都包含"part"一词，意为"作别""张开""部分"等，还出现在"聚会"（party）、"党派分子"（partisan）等词中，这种文字游戏在译文里只能丢掉了。——译注

做爱，所以我们干脆做吧，有一部分的我这样想——
错的那部分，我知道，坏的部分，但还是
让我们假装身在那场聚会，我们在那儿相遇，
吓坏了所有人，记得那一部分吗？像那样
抱住我，解开我的衬衣，我敢说有一部分的你
想要来，我正抚摸那一部分，它说
是的，那亢奋的党派分子，让它把你说服，
这令人绝望，来吧，我们会以吻永远作别。

前男友

他们到处闲逛，和你的朋友调情，
或完全消失，再无消息。
他们喝醉或酒醒时会打电话来，

他们穿过城市，想共进晚餐，
他们隔着桌子抓住你的手，
等你从卫生间回来后，他们吻你，

他们曾是你的爱，你的受害者，
你的好狗或坏男孩，他们现在
不爱你了。有一个写了本书，

里面有个女人很像你，
开场就被某个连环杀人狂性虐，
然后肢解。他们要结婚

或丢了工作，需要贷款时，

第一个就想让你知道，

他们的新女友恨你，

他们说不想念你，但会在你梦中出现，

从那堆鞋盒中喊你名字，

他们埋在那里，一排排摆在你的地下室。

有些夜晚你发现某一个和你上了床，

手肘支着头，给你一个迷人

的表情，仿佛在说：不敢相信

我找到你了。样子和你现男友

前一晚注视你时一模一样，

然后拔掉床头小白灯上的插头，

在黑暗中向你挤过来，

黑夜偶尔被微弱躁动的弧光打破，

来自高速公路上驶过的卡车前灯，

那些大型卡车不停奔跑，

在城市、仓库之间送货，

沿着它们熟悉的孤独路线。

跳舞

当你最终魔法般地把自己克隆成
若干个一模一样的女人，

就能让每一个你走向一个男人
他已等候多时

为了第一次的接近，也许还有下一次，
那样你不觉得开心吗？

所有的你聚集在一间亮堂堂的舞厅，
每个女人都佩戴号码，用来区分，

裁判以同样的方式给每人记分，音乐
从演奏台上涌出，男人们兴奋地

想靠近你，每个人都低声唤着
不同的昵称，每个人

都用黑鞋摩擦地板，画出完美的圆圈，
当他把你抬起，用手扶着

你的臀，用棕色或杂绿色的眼睛
凝视你，用令人吃惊的蓝眼睛

俯视你，把你带进一个角落，
又旋转着把你引向中央，

镜面球二发出的光
碎裂在你皮肤上，像你的亮片裙

一样灿若星辰，你感到
空前绝后的圆满，

穿过你所有真实美丽的人生，
而现实的那一个则逐渐暗淡。

Ⅱ

死亡诗

我非要再谈这个吗，难道没有其他主题了？

我能忘了马路上飘动的那一小块

被压扁的松鼠皮吗？我能忘了那条路，

还有无论如何，哪怕为了加油，或爱，

我都不能停车的情形吗？我能不想起

留在我身后某个镇上，身穿

蓝西装，双手合拢的父亲，

以及我那一边抱怨膀胱，一边吞下

所有药丸的祖母吗？我正经过的这些城镇，

那些蹲在壕沟边的孩子，他们胸脯

和前额上的洞，那个捧着肿瘤的女人，

那条拖着残疾胯部的狗，我能努力不去看吗？

如果愿意，我可以闭上眼睛，远远坐开，

我可以靠在朋友们的肩上，

吃他们吃的东西，喝那瓶

被传来传去的酒；我可以轻松点，不是吗？

天哪，不是吗？还有其他的主题，只需一分钟
我就能想到。我会的。如果你知道，告诉我。
告诉我。提醒我，为什么我在此地。

恐怖片

今天云的形状很可怕，
我一直期待着几个庞大的
黑白 B 级片里的独眼巨人
出现在地平线的边缘，

大步走来，跨过海洋，
把我从厨房里拖走
带到一个深深的洞穴，
它于某个周六飘进我的脑海，

在准男爵剧院，我无助地坐在
哥哥们中间，用糖果和恐惧
给自己打气——那个洞穴，
满地散落着人骨头，

被啃食，然后被扔向洞口，
我能闻到那种恶臭，如同早餐

熏肉的脂肪一样清晰。这就是
恐惧离开时的感觉——

并非精神正常了，我是说，
不管它是什么，它让你早上起床
又确实离家外出了，
那些日子里，仿佛死神

身穿棕色制服
开着箱式小货车
往你的左邻右舍派送邮包。
我想起一个朋友

在她电话应答机里的声音——
您好，我不在——
她葬礼的那个早上，
电话塞满了磁带

邮件依然在送来，
我感到害怕，就像

刚看完所有的吸血鬼电影，
我回到家里，整夜清醒地

躺着，僵在床上，
无法起来，
哪怕是去小便，因为那些亡灵
在下面等着；

倘若我在不受保护的空气里
撞上一只光秃秃的脚，
他们就会抓住我脚踝，把我
拖下去。父母说，那里

什么也没有，等我长大
就明白了。现在
他们死了，我长大了，
我明白了。

死女孩

经常出现在电影里，脸朝下
卧在公路旁的野草中。
孩子们在河边找到她，或树林里，

叶子下，一只涂了粉色指甲的手猛然出现。
侦探在公寓里俯视她们，
或在她们几乎从小长大的房子里

从钢琴上拿起她们的照片。
一个死女孩能让影片顺利发展，
效果好过酒吧斗殴，好过

工厂爆炸，只需
躺在那里。任何人都能演她，
街边的任何孩子

都能绑住四肢，从面包车上搬下，

或勒得发青，在厨房里，浴室里，
小巷中，学校里。这就是

死女孩之美。哪怕长相平平，
自我感觉一无是处
像块泥巴，整天盯着

时尚杂志，因悲伤
而碎裂，
都能重获完整，最终被

她无能为力的一种状态所救赎，
成为关注焦点，那个特别的、
招人爱的、死去的、死女孩。

艾蔻与纳西瑟斯 [1]

可怜的艾蔻为情所困，只能重复

他说的每一句话。也许

他觉得这理所当然，

找一个仙女当女友，她会确认

他说的每一个字；也许他

喜欢她映照他的方式，

一个当他夸她很漂亮的时候

会说你很漂亮的女友，

一个爱他胜过爱镜子的女友。

---

[1]　艾蔻（Echo）与纳西瑟斯（Narcissus）的故事出自希腊神话。艾蔻本是林中仙女，为宙斯所爱，却被赫拉嫉妒，赫拉施法让她不能说自己的话，只能重复别人的话。艾蔻爱上了美少年纳西瑟斯，但无法表达，只能重复对方的话，最终被纳西瑟斯拒绝，她的身体消失，只剩下声音在山间回荡。她的名字 Echo 意为"回声"。纳西瑟斯被众女神所爱，但他只爱自己，不爱别人，迷恋自己在水中的倒影，最后淹死，变成了一朵水仙花。他的名字 Narcissus 既表示"自恋"，又表示"水仙花"。——译注

并不是说他们那时有镜子；
这是个问题。不管怎样，她很漂亮，
但他对仙女不感兴趣。

假如他们那时有镜子就好了，
他便不会淹死在有倒影的池里，
也不会觉得它比仙女更迷人。
但假如那是面镜子而非水池，

也许他会拿头去撞它，照样会死。
那时没有自由意志——全都是神。
你可以用头去撞命运，但别忘了，
假如你是纳西瑟斯，你最终会成一朵白花，

粘在地上，没有意志，被诸神采摘或践踏，
还有人会说本来就该如此，
美应当屈身成为一朵白花，
一个可怜的回声，某人的爱，粘在

地上，地上，地上，地上。

一起吃

我知道我朋友要走了，
虽然她还坐在
餐厅里，我对面，
身体朝桌上倾着，拿面包
蘸我盘子里的油；我知道
她的头发曾多么浓密，
知道就餐中途，她多努力
才摘去她的男式帽子，
为了直视那位年轻侍者，
当他问我们菜怎么样时，
报以微笑。她吃的样子
仿佛会饿死——鸡肉、葡萄叶包饭、
涂了黄油的细面薄片——
那些折磨她的东西
也在吃。我看着她拿起
一只闪亮的黑色橄榄，
把果肉从核上剥下，看着

她细长的手指，她的脸
因药物而浮肿。她垂下
眼睛，看着食物，假装
不知道我知道什么。她要走了。
我们继续吃。

猫诗

这只猫几乎不动了；她不吃也不拉，把脸埋进一碗水里

但没有喝。朋友说不要写她，他说没人想读我的宠物，

就说是你的猫吧，别说我的，或许你有条狗；哪怕我，

　　一个养猫人，也觉得狗

更高级些，它们的眼睛如此富有同情。曾经有个演员——

不是一般演员，而是阿尔·帕西诺——

在舞台表演全程中，心里装着观众席中某双水汪汪的棕色

眼睛，对着那双眼睛演奏，等到剧院灯光亮起时，他发现

那是一条导盲犬，一条德国牧羊犬，因而也许你可以想象

　　你的狗，或者最好，

阿尔·帕西诺的狗，动不了了，肋骨起伏，会更有代入感，

　　但若你

不喜欢狗，想象一只鸟也可以，或鲸鱼，人们似乎很关心

　　鲸鱼，巨大身体躺在

海滩上，或那些被木棍打碎头骨的海豹——想想它们，它

　　们无人照料的幼崽——

或干脆忘了那些动物；忘了那些在跑步机上边跑边抽烟的

比格犬，
忘了那些化妆品公司似乎很喜欢的兔子，尽管很难忽
略那些
注射了猴艾滋病毒的黑猩猩，除非你朋友体内的逆转
录病毒
已对蛋白酶抑制剂免疫了，所以也忘了那些黑猩猩吧，
记得我的猫吗？她躺在卫生间地垫上，所有器官都要
罢工了——想象我整天
为她流泪——她叫香草，我女儿五岁时给她取的名，
如今我女儿长大了，
猫也老了，我把她放在床上，对她说话，告诉她没事的，
如果你忙就先走吧，我在这里目睹死亡——他摸着她
的毛皮，查看，
对她轻声低语，让她停下，暂时忽略了我，也忽略了你。

黑色

每个人都死了。在《灵与肉》[1]中，鲍勃·罗伯茨，
狡猾的拳击比赛策划人，早早就和查理·戴维斯谈过，
而这就是查理扔回给他的那句话，
如同影片结束时的一次完美回击。
比赛已受操控——走完过场，输掉裁决——
但查理拒绝假装被打倒，

因而丢了六万美金，但赢回了灵魂
和他饱受磨难的真爱。你想怎么办，
杀了我？每个人都死了，查理说，他和
他的真爱放声大笑，直到最终画面。
在已写出但未拍摄的备选结局中，
查理被杀，被塞进垃圾桶。倘若观众

---

[1] 《灵与肉》（*Body and Soul*）是美国一部运动题材影片，1947年上映。——译注

离开剧院时依然相信，查理
在某个地方活着，像他母亲一样
当个收银员，或教邻家孩子
怎样用左勾拳击打肋骨，用上勾拳
击打下颌，又有什么区别呢？
每个人都死了。扮演查理的约翰·加菲尔德说，

他在好莱坞臭名昭著，因为
睡过所有年轻女演员，三十九岁
死在酒店房间。我的老父亲
在疗养院卧床瘫痪一年后
终于去世，让我母亲过上了
相对轻松的寡居生活。也许查理

已活得够久，可以走上同样的路，
头部受到的所有那些击打
会留下后遗症，而他的真爱
坐在床边，把他无用的手握在
手里。电视上播放着某部四十年代的
影片，如同一部黑白记忆，

充满了忧伤恋歌与香槟，

钞票在屏幕上打着转儿飘下，

如同雨水流下管道。那晚电影散场后，

我们一伙人在一家嘈杂的餐厅

吃蛤蜊和三文鱼，喝马提尼，

餐厅的霓虹招牌好像写着

每个人都死了，因为我们所有人都会死；

甚至那些侍者，穿着法式条纹 T 恤，

都像是摆渡人，准备把死掉的人带到另一世界。

但我们的时刻还没到。我们完好无损地

出现在一条小巷里，雨用一种不真实的

光泽涂刷那条巷子，仿佛电影片场

用杠杆和机械精心制造的人工雨，

为了让此场景充满恰如其分的忧郁，

我们都在摇曳的灯光下站了一会儿，

不想告别，女人们扣上大衣纽扣，

男人们拉下软呢帽的边缘，

最后所有人都散入了那片黑夜。

2 月 14 日

这是个外科医生的情人节，
他们扎住门静脉和肝动脉，
在腔静脉放上血管夹，
我哥哥正接受新的肝脏。

也是每个护士的情人节；
尽管我不知道有多少护士
正戴着口罩俯视他，
我肯定我有够多的心脏——要多少心

有多少，够多难以启齿的情感
满足每个人。一颗心
送给缝合线，一颗送给仪器，
我叫不出它们的名字，

还有监控仪和手术灯，
沾满他血迹的光滑手套，

当漫长的几小时过去，

当 T 型管插好，吸干胆汁。

还有颗心送给捐肝人，

他从未见过我哥哥，

他把身体想成一件礼物，

不愿埋葬或烧掉那件礼物。

对那个人，我想不出

一颗心怎么够。但我给他。

当我哥哥麻醉后躺着，

从胸骨到腹股沟都敞开时，

我想到一个死者，别人

在悲伤中怀念他，我致他

这些赞美和感谢的话，

哦，我们素不相识的爱人。

然后我醒来

我真松了口气，发现
梦里的那个医生
并不存在，他电话里的声音

甚至电话本身
都只是虚构，神经邮包
从我脑干运向

丘脑。他关于
我病重的消息也只是
我大脑皮层深处的

突触颤抖；我醒来，
并非即将死去。我母亲
也没瘫倒在她经常

驾驶的那辆车后座椅上，

流泪，搞不清我住在哪里。
然而，很不幸，我又发现

那个聚会上告诉我
写快点，并许诺我
一个著名文学奖的女人

同样是幻象，还有那个
在树下热情吻我的男人——
明亮的树叶在我们头顶

蒸发至尽，
他的舌头溶解在我口中，
只留下一种胶质味道，

被我的咖啡冲洗干净。
我已逐渐忘记美妙爱情是
什么感觉，忘记那个

我曾短暂逗留的世界，

它曾哄骗我相信
那是唯一的世界；如今

它正开始消失，
连同里面的每一个人，
这是他们唯一的挽歌。

梦里

十八年后，对曾是我父亲的那个男人
我已没有真正的悲伤了。
几乎不再想到他
也不再想到过去的那些梦，

梦里他站在挤满了人的房间
我都不认识——也许是他的新朋友，
倘若死者也有友谊——
那些梦再不来打扰我的睡眠了。

我穿过歪斜的房屋，他不在那儿，
也不在公路旁的田野里
我在那儿奔跑，一路追着
某张重要的纸片，

不顾一切想抓住它，
它在卡车后方飘起，

或被过往车辆压平、弄脏，
再次飘起，在破烂的木栅栏

上空打转。我不知道为什么
那片纸如此重要，或上面
究竟写过什么东西。
我不知道死者去了哪里

或为什么最好忘了他们，
也不要去看，如果他们挤在
窗上，或试图躺下，
在夜晚压住我们的身体，

要求我们重新爱他们，
要求我们再次为他们悲伤。
这个早晨我起不了床。
我睡得晚，我梦见了那张

小纸片，它飘飘停停，在草地
和花朵上空飞舞，我并没

尝试抓住它，因而醒来时
我有些失落，想知道除了

父亲，我还得为谁、为什么事
悲伤，又有谁我不再为之悲伤，
父亲埋在草下的土中，
我奔跑时踩过的花下。

工作

我再也无法忍受身体上的变化了，
它已做好准备，皮肤开始从
骨头上微缩，骨头尚未
变脆，但已开始磨损，血液
在逐渐黏稠的隧道与阴沟里变缓。
我不想看见闪亮的秀发如何滤去
它们的色彩，一次一根——
我想起在雨后，蚂蚁如何爬进房子，
我先注意到一两只朝洗碗海绵
爬去，又看到一些在烤面包机后面，
直到我发现一长队蚂蚁爬满了食品柜壁，
在罐子盖上蠕动，发狂般
想得到蜂蜜。嘴巴这座
甜蜜洞穴起了什么变化，我不想去看。
犬齿斑驳的牙根暴露在外，有洞的
臼齿越来越松——最近我不禁发现
早晨我显得多么疲倦，随时

想重回我刚爬起的那张床。

我把自己穿戴好，站起来，感到某物

从地下升起，从死者肋骨与长草的

颅骨间升起，向上穿过

地下室，穿过霉菌与蛀虫，

不懈努力，欢快地嗡鸣，

迷上了它的工作，建造一个老女人。

高烧布鲁斯

也许是因为我今天太无聊太不舒服，

我梳妆台上那十二把口琴，

蜷伏在灰色塑料盒里，

盒盖敞开，

在我眼中仿佛是必须照看的小棺材，

等待哀悼者到来——

一个名叫和莱的家庭 [1]

已遭受了痛苦的损失。

死亡让他们如此相似——

淫荡的 G 调，老实的 C 调，

哪怕是古怪的降 D 调。

在我嘴唇接触的地方已经

---

[1] "和莱"（Hohner）为德国著名口琴品牌，世界口琴第一大厂。——译注

黯淡无光，他们曾一边歌唱

一边指挥悲伤之蛇，

快乐已将他们击倒，仿佛晕厥。

如今他们安静得像松绑的车厢，

散落在芝加哥城外的调车场。

我已为每人准备了布鲁斯，

他们只能整天如死者般躺下，

远离健康的小酒吧，

还有一首送给降临的黑夜

和从癌症或高烧中解放的床单，

月光下的竖琴是一支舰队

只等带领我们顺流而下，直达河口。

洗

我把母亲从澡盆里拉起来，
我那滴着水、赤裸、颤抖的母亲，

扶她坐上我孩童时期曾坐过的
马桶盖，在她洗澡时

陪着她，纤细的水流升起，
她的乳房落向两侧，

她耻骨处浓密的金色毛发
像鳗草一样漂浮，她的腹部

像水面的肥皂漩涡一样苍白。
我让她坐下，用一条毛巾裹住她，

跪下修剪弯曲的黄色趾甲，
把两只脚都握在手里，

尽量动作温柔，尽量比上帝
更仁慈，后者创造出她后，

用一条粗糙的舌头将她舔净，然后
把她留给生活，留给苦难，留给了我。

III

它

我还记得那种被某个东西摇动的
感觉，它紧抓着我不放手，
直到我女儿出生，我蹲在那儿，
她滑向铺在地板上的毛毯，
医生也蹲下，等着抓住她，
直到她完全滑出我体外，
而那个无助地抓住我的生物——东西
——就丢下我，转身离去了，
仿佛它已对我不感兴趣，
或我味道不好，仿佛它突然记起
别处有急事要处理。我感觉再次成了
自己生命的主宰；它属于我，
而在我蹒跚回床后，放在我肚皮上的
新生命也属于我，我会学习
她需要什么，以及如何避免伤害她。
但我又如何能保护她
远离那曾如此彻底控制了我的东西，

它无情地打开我的身体，把她带到
这个世界，我如何能让她
远离那个东西，倘若它想毁灭她？
她出生的那个早晨，我感到它紧贴着我，
赶走了流汗与尖叫，我也知道
如果需要，它会杀死我，为了她，
为了它像母亲一样爱她的
那几小时，正如它曾爱过我，为了使我降生。

知识

哪怕你知道人能做出什么事，
哪怕你因自己见识广而自豪，
自豪于不回避历史，或时事，
或任何日常、琐碎，但依然不断体现
人类残酷的直接间接事例——哪怕如此
有时你还是被它刷新三观，仿佛
你过去一辈子都笃信人性
本善，仿佛你从未像叔本华
那样想过，一种完全盲目、非人的意志，
从未被任性歌唱，基本是欢快的，
那些从霍布斯处学来的聪明词汇——
孤独、贫穷、污秽、残忍、匮乏——
哪怕如此，有时你还是震惊于听到
某些可怕的行为，摇摇欲倒，难以承受，
甚至哭不出来，然后你发现自己很天真，
你曾以为这种天真已逝，
却依然存在——在你犬儒外表下的某处

仍旧存留希望。但那一希望如今已碎裂，

不可修复，或看似如此，你还得继续，害怕

还有更多东西你要知道，害怕某天你会知道。

加利福尼亚街

两个醉汉在陡峭的人行道上占据了一块地方，背对
    着砖墙，

一个把双腿伸直，因而行人就得绕过一个停车计时
    器才能避开他们，

另一个蜷成一团，头枕着第一个人的大腿，身旁有
    两只品脱酒瓶，

明显已经空了，不然的话，还能直身的那个一定在
    喝，而不是

恶狠狠地盯着每个路过的人，仿佛他已开口要钱，
    而人家又什么

都不肯给——而实际上，他没开口要，除非你把他
    那副样子本身、

他污迹斑斑的裤子、脏兮兮的李维斯夹克、又长又
乱的灰色胡子，以及他抚摸他那烂醉如泥的朋友的
    黑头发时

两人一起散发出的臭味，也看作一种开口，但谁都
    不会搭理，

我们经过他们，往山上走，短暂地瞥了他们一眼，
便随他们去了。

世界之道

我们知道丑人憎恨美人，
痛苦屌丝都抱着劣质咖啡
生闷气，沐浴在快餐厅
肮脏的荧光里。我们知道

轮椅憎恨鞋子，
药品嫉妒维他命，
这就是为何有时整瓶
安眠药会波浪般聚集，

灌下某人的喉咙，淹死
在胃的酸性海洋里。
我们甚至不用说到穷人，
反正基本没人提起。

这就是世界之道——
悲伤与幸福对立，

傻瓜与所有人为敌，
尤其他们自己。所以别装得

你很高兴，当你的旧友
职场或情场得意，
而你还在人生中漂泊，
像餐厅水缸里的龙虾。算了，

承认吧：你想钳死他们，
如果你能。但你很无助，
徒劳地敲着透明玻璃，
无法突围。他们在开香槟，

把你忘了，正如你没注意
你爬过多少张脊背
才走到这里，你的黑眼睛闪光，
你缓慢的腿顽强而稳定地行进。

亲爱的先生或女士

这是一封你不该拆开的信。
若你已拆开，请不要往下读。
它会给你带来可怕的消息。

哦先生，或女士，我们素不相识，
但原谅我，我觉得我似乎爱你。
独自在四十七楼打这封信，

除我之外只有一个清理地毯的人。
原谅我，如果我心烦意乱，
总是想到我自己的负担……

一个妻子的骨灰，一个整天摇来
晃去、胡言乱语的男孩。我桌上
放着他和她的照片；他不会笑。

医生做了各种测试，然后把他

打发给下一位。也许你，先生，或女士，
已经对事情的发展感到一种无助了吧?

我正努力写完这封信，告诉你
他们付钱给我告诉你的事情，
我在这待到这么晚，只想用正确的方式

写出这件事，哪怕这会花掉
一整夜——管理员已经走了，
把所有灯都灭了。这里只有我的台灯

和寂静……我妻子喜欢寂静。她喜欢
抱着我，我们两人都不说话，
只在一起呼吸。先生，

现在和我一起呼吸吧。女士，抱紧我。
有个消息我必须告诉你。
但我们暂且不提它。

上帝之下、不可分裂之国度 [1]

你身体某些部分，
难道你不想干脆
把它们切除吗？它们如此恶心
难道你不想刨掉

屁股、大腿、半边鼻子，
让你显得正确一点？

那些听不懂你笑话
或文学引用的人，我是说
当你从《欲望号街车》中
借用了完美的一句

---

[1] 出自美国《效忠宣誓》："我谨宣誓效忠美利坚合众国国旗及
效忠所代表之共和国，上帝之下、不可分裂之国度，自由平等全
民皆享。"——译注

又十分切合当时场景，
你的同伴却只茫然地
看着你——你想

掐死他，不是吗?
只用抓住他的领带——
打领带的人
活该这种结果——
套住他的脖子

就像瘾君子用一根
细胶管紧紧勒住

手臂，好让静脉暴出一样
我们不能消灭瘾君子吗?
把他们抓起来运到某个地点，
比如得克萨斯，

用电网围起来，
不是更好吗?

不要试图告诉我一棵红杉

或受精卵，或实验室里拉杠杆的

猴子比一个人更重要，因为那样

我会想把你狠揍一顿。

冲动的高速公路司机们，我知道

我们在此意见一致。

紧急变线者、追尾者、突然转向

模仿印地 500 大赛的人，他们该

站成一排，枪击，而且是处决式。

说到处决。最近以来执行了

多少起？远远不够吧。

我们这个国家有问题了，我告诉你。

若是你的右眼叫你跌倒，[1]

你知道该怎么办。

你的左眼，也是如此。

---

[1] 参见《新约·马太福音》："若是你的右眼叫你跌倒，就剜出来丢掉。宁可失去百体中的一体，不叫全身丢在地狱里。"——译注

鸡

为何她横穿马路？
她本该待在小小的笼里，
上方姐妹朝她头上拉屎，
她把屎拉在下方姐妹头上。

只有上帝知道她怎么出来的。
上帝看见一切。上帝的目光
注视那只鸡，让她逃脱，
如同一个罪犯走向河流，

哗啦啦蹚过河水，
摆脱身后的狗，朝着
星光高举双臂，赞美
所有未被锁进牢房的东西。

他会到达一家农舍，
那里好心人会给他吃的。

他们会拿出青豆和面包，
家酿啤酒花。他们会拿出

农夫在路边发现的
那只鸡，被一辆皮卡
侧身擦过，失魂落魄，
而他一拧就折断了

它脆弱的脑干，
他妻子往鸡屁眼塞上
迷迭香和一片柠檬。
万物有其命运，

但只有上帝知道命运如何。
那只鸡的灵魂会进入罪犯。
有时，在盒子般的公寓里，
一边听楼上邻居的声响，

一边闹着楼下邻居，
他会感到极度饥饿

和不可阻挡的冲动，

拿头猛撞电视，一次又一次。

失踪的男孩布鲁斯

我躺在一片田野，希望你很快找到。
躺在一片田野，希望你很快找到。
我害怕从此消失，只剩一些旧骨头。

如果我想起我的名字，你也许会听到。
如果我想起我的名字，你也许会听到。
草叶。鸦眼。碎浆果。土中的蠕虫。

科学课上我们有副真人骨架。
它一年到头挂在教室。
它挂在黑板旁，孤零零的……

骶骨、顶骨、掌骨。
我测验没过，写错太多答案。

我曾问母亲，上帝是否无处不在。
我问他是否看见我们。我发了高烧——

她说她不知道，为我把被子拉直。

然后她吻我的脸；然后她吻我的发。
（然后他撕开我的睡衣，我两腿光光。）
如果你还在找我，你将到处都找不到。

人性

我听说他干掉一个女孩的朋友
和母亲后，放过了她，
又听说他找到下一个目标，

将其杀死并肢解，
我试着想象他弯曲的手指
穿过一箱六瓶装啤酒的塑料环，

从支架上提起油枪喷嘴
给卡车加油，把
燃尽的香烟弹进野草丛，

我不希望他是人类——
抖掉梳子上的水，
摇动马桶把手，摸出一枚

25 分硬币，投进收费器的

狭槽里。我希望他长着触手，
没有眼睛，如同某个生物

来自外星球，如此遥远，
任何星图都没标出，
光线也无法到达地球。

我希望他是一团没有形状的
物质，并非我们的
物质，并非碳基生物，

也许我甚至都不希望
他是活的——硅、电路、
惰性材料。这样

他的作恶能力便不会超过
石块或木棍——从天而降、
砸在头骨上的石块，削得锋利、

蘸有毒药的木棍——

依然还是会有某个人，

一个神来操纵杠杆，指挥他

行动。最好别想要

那样一个神，最好相信

什么也没有；什么也没有，只有人。

IV

酒鬼人生

这只瓶里装着灼热的头痛，
那只里有辆车偏离了道路，
撞上邻居院内一棵树，

下一只里，一个男人脱掉
你的衣服，你旋转着
掉进黑色床单的旋涡中。

另一只瓶底：上锁的金属盒，
你撬不开，尽管能听见
有人在里面哭喊抱怨，

诉说她有多难过。
别忘了那条耻辱之虫
有时在你喉咙里舒展身体，

还有那些卫生间，你蹲在

马桶前颤抖，毛发虚弱，
体内升起一个酸痛的夜晚。

那么你在干吗，坐在那儿
端着半空的威士忌酒杯，
听着冰块爵士乐，一支刚点的烟

唱出缓慢的布鲁斯？某个声音
低吟着你的名字，吧台后
正倒着双份酒，酒中

次中音萨克斯开始独奏，
在变调中带你出门，听着
就像爱情，就像它永远不会结束。

坏女孩

她就是那个整天睡觉的人，在你
大脑后部某个房间，一听到
软木塞从瓶上扭开的声音
就会醒来，或一只戳破的橄榄

掉进酒里的声音。她比你漂亮，
如今你正让她烦出屎来，
你坐在那儿抿酒，而她想
站到玻璃杯边缘，一丝不挂，

直接扎入杯底，躺在那里，
向上望，惊讶于世界如何
摇晃，又回归清晰。你不会
让她那样。你已把她锁了起来，

连同她的香水和廉价小说，
还有她惹事的念头。她就是

那个从锁洞里喊你的人，
然后悄悄溜开，逃出

窗户，撕破了她的丝裙。
你猜不出她去向哪里，
或你会和谁一起醒来，
当你最终醒来时，

头像心脏一样跳动。
她就是那个让你害怕的人，
那个怂恿你一往无前，
又完全消失的人。男孩们

注意的不是你，也不是你
转向他们，释放光芒。
你蜷伏在一角，近乎崩溃。
这时她爱上了你。她就是那人。

午夜时分

我正在读的这本书：暴雨，
人行道上的细高跟，
某男在他的出租屋里

等待着把某女拖上床。
她是个错误女人，
她是穿着丝裙的失事车辆，

他迫不及待想要碰她。
每个情节都带着欲望，
恨不得越饥渴越好。

我抬头发现，此地
也在下雨。如今我已回归
自己平静的生活。

我感觉是个书中人物，刚

想象出来，仅仅是个名字，
穿着褪色 T 恤衫，

伸手去拿装冷酒的杯子。
但愿河流能涌入街道，
但愿树能把自己连根拔起

或烟囱的一阵黑风把屋顶吹掉。
这就是我的生活：前一分钟高兴地
沉浸在书里。此时却感到某种痛苦，

唯有暴力能够治愈。现在
我得虚构一个故事，
把我拖出门外，进入城市，

拖向音乐和模糊灯光，
还有错误男人，我得找出
自己到底要什么

以及要伤害谁才能得到它。

边界以南

这里，罗萨里多[1]的池边，
我们在玩洛特里亚纸牌[2]，

抓着灰白、有斑点的豆子，
把它们放在带图案的牌上：

死人、醉汉、蜘蛛、
蝙蝠。喝了几杯玛格丽特酒，

我们还活着，不幸还很清醒，
这里没有蜘蛛咬我们

---

[1]　罗萨里多（Rosarito）是墨西哥海滨城市，距美国很近。——译注
[2]　洛特里亚（Lotería）是墨西哥颇为流行的一种博彩游戏，类似美国的宾戈。——译注

也没有面目狰狞、长黑翅膀的东西俯冲而下
猎食我们，如同倒霉的蚊虫；

所有麻烦都在别处，
老实说，我们并不关心；

我们把豆子排成一列，点了
龙舌兰酒，为了喝得更尽兴，

我们还会找点吃的，把一切搞乱，
像死人般躺在长椅上，对好运气

心满意足，躺成一排抽烟睡觉，
这里，罗萨里多的池边。

灵与肉

你觉得灵魂在哪里？
你觉得它像个小纸袋，

装着某样东西——
糖块、液体肥皂或酒瓶吗？

它是否揉成一团，藏于心后，
它是否折叠整齐，嵌在肋间？

它曾撕裂过吗？

肉体并不是间房子。
如果肉体是间房子，

灵魂会不会深夜在厨房，失眠，
站在敞开的冰箱前，

它会厌倦电视吗，
会被自己的思想恶心到吗？

肉体没有思想。
肉体浸满了爱，像条纸巾，

却依然很干。
肉体注射了几针兴奋剂，

开始流汗、流泪——
有时肉体

变得很静，
它能听见灵魂

又抓又挠，像困在墙中的
某个东西

疯了般想要
出来。

布鲁斯：致罗伯特·约翰逊 [1]

给我一品脱威士忌，瓶塞已破
再给我一小时，体验破碎感
我又无法入睡，有条黑狗在追

你唱着地狱冥犬、十字路口、徒劳的爱
你唱着歌，黑色天空弹起了雨
你跺脚跳舞，摇动了窗户玻璃

我用手掌贴着玻璃，感受寒冷
我痛饮回忆，它将我烫伤
为爱情干杯，它屡次失败

低头望向河中，我看见你在那儿
低头盯着一个女人发际的蓝光

---

[1] 罗伯特·约翰逊（Robert Johnson, 1911–1938），美国爵士乐歌手、作曲家。——译注

对她说，宝贝，黑暗会在此地抓住我

你埋在密西西比州一座石碑下
你埋在那里，依然在地下唱歌
布鲁斯摔倒了，妈妈的孩子，把我打翻在地

这首诗极度想成为一首摇滚歌曲

我和朋友们聚在父母的车库里，
在洗衣机和托罗牌割草机之间
用震耳欲聋的音量练习这首诗，
同时吸着塑胶袋里的帕姆油味。

这首诗抓住了今日年轻人的本质，
一种催情香水，
由麝猫的睾丸分泌而来。

我喜欢这些诗行押韵的方式，就像一首歌。
图派克 沙希德 安妮·塞克斯顿 艾瑞卡·琼。

让我告诉你这首诗实际上想怎样：
它想要你跳起荡舞，挥动拳头，
直到你爬过夜总会黏糊糊的地板，
带着深刻的领悟流下泪水，

最后呕吐在女厕所洗手池里。
它想要你一遍一遍又一遍地听它
因而三十年后
你干过的所有任性的蠢事
都会带着怀旧的光泽回来找你——

哦，记住曾在午夜时分晕晕乎乎
游荡于高尔夫球场，记住
你老爸工作地点的保安发现我们
一丝不挂，还有那个持刀的家伙
确信我们是外太空来的昆虫，

那些就是过去的日子，那首诗
在每个人的汽车广播里，反复循环。
让我们再去找回那本书吧

感觉我们曾经找过。点上几炷香，
加上一捆香草味的小小许愿蜡烛。
到我这里来，让我迷乱，

我正一字一字朗诵这首诗，
包括那些绝妙的吉他曲，
我能演奏它们，用这把漂亮的乐器，
纯粹由空气制成。

虫虫帝国

有时，在某种情绪中，我感到难受，因为还没死，
我嫉妒那些已死的人，那些每个人都记得

而且崇拜的人，仅仅因为他们死了。这感觉就像
门厅那边的电话响了，却是找别人的，

我意识到我要在欧洲一个异国首都度过周五夜晚，
独自在房间，玩一个叫《虫虫帝国》的电脑游戏，

里面有只长着斑纹的小甲虫漫步穿过电子草丛，
试图躲开鼓起双眼的香蕉鼻涕虫，

同时踢爆核桃，为了获得魔法三叶草与草莓。
我开始后悔错过了所有那些早死的机会，那些

让人记住我是十七岁、二十五岁、三十二岁的机会。
我很遗憾，当年没有服毒过量，在河边

峭壁上自由攀岩时也努力没掉下来，后来又躲过了
那场让大桥坍塌的地震，我在朋友家里

紧贴着墙壁；我看见她的畅销书从书架上
纷纷掉下，然后继续安静地生活，继续每年变老，

变得无趣。让我给你讲讲《虫虫帝国》，一个让你
无法休息的游戏：很快那些手持长矛的巨大红蚂蚁
就会出现，倘若你被刺中，你就坐下来，失败了，
不久你又有一次更正自己的机会，在它们追你时

朝四面八方盲目地跑，始终留意避开越来越多
不计其数的鼻涕虫，同时搜寻核桃，
它们最终会给你一把红色或橙色的钥匙，让你可以
进入一块新的、更加美丽的向日葵地带，

满是戴着拳击手套的小飞虫，只想打得你两眼发黑。
接着你得在河中逆流而上，而那些举着石头的蚂蚁
则试图砸碎你，在那之后，仿佛所有东西
都同时向你涌来，要不是为了那些核桃，

你也许会觉得最好干脆坐下，任凭那些鼻涕虫一次次
用黏液喷你，任凭那些蚂蚁刺穿你，任凭飞虫

把你打倒，宣告失败。我在这座城市如此孤独，
远离了少数难以置信，居然爱我的人，我关注

能让我熬过此夜的东西——单人床上开满鲜花的
漂亮街道、变冷了的剩食和酒，还有那傻傻的、
永远振奋的音乐，伴随那只甲虫一路拼搏，爬上陡坡，
停下，喘息，成为它那渺小、充满挑战的生命里的英雄。

这首诗正在康复

如果你觉得我会举起一只结霜的马提尼玻璃杯
或老式岩杯，杯中颤抖的液体倒映出
一架弹球机的喧嚣，锵—咔锵—咔—咔—锵，

或哪怕一只来自墨西哥的埃拉杜拉小酒杯
或刻有酒厂名字和一匹前蹄腾空的骏马的
高脚杯，如果你觉得会出现一只绿色

或琥珀色的酒瓶，或你等待着一罐
"大嘴米奇"啤酒，或期待一个迷人的皮革酒壶，
别指望了。我甚至都不会想起任何伏特加——

一个悲惨民族的酒——我在涅瓦河畔喝过，
盯着吊桥抬起又放下
和沙皇宫殿的精致喷泉泛起泡沫，

如同我的新婚丈夫摇动香槟，一股脑喷在

我们身上，或——忘了我——我甚至不会谈论
维多利亚时代人们对杜松子酒的合理谴责

（比如母亲把新生婴儿遗弃在阴沟）
或为数众多的日本僧侣在微醺时刻
凝视着月亮，或满江落花，吟诗作对。

我将放弃我通常的主题，连同大量
历史与文学典故，只为支持目前
绝对禁酒的时刻。宣告如下：

再次宣告如下：
我不会在醉后脱光衣服
为你们签售，也不会在

酒店套房举行喧闹聚会时
跑到熄了灯的、暗得像个
菲斯奈特酒瓶的卫生间里，咬你们的嘴。

我肯定不会去爬交通信号灯

或撞碎玻璃滑门

或在舞娘休假的夜晚想上台跳钢管舞。

这里没有任何胡闹。我们都在康复。

甘菊还是柠檬？原味还是加气泡？

无因咖啡怎样？另一个时刻到来，

没有任何迷恋。这里有太多的

平和与安静，而我们等着魔鬼

从宿醉中康复，前来拜访。

V

亲爱的读者

今夜我惊讶于所有的人都在做爱，
而我独自穿着睡衣，在异国他乡
把点心和伏特加当晚餐，惊讶于
我自己的国家还存在，尽管我不在那里
说它的语言，或违反它的禁毒法。我很

吃惊，发现我不是楼下街上摔碎的
那块玻璃，也不是紧随其后的笑声；
甚至不是我那小电视中的教堂集会，
为了得到上帝的好消息，尽管我
身体一倾就能碰到屏幕，触摸到

每张漂亮脸蛋上的摇曳线条。我告诉你
有时我还是想不明白，依然很难
相信自己体内深处的一个卵细胞
会出走，变成另一个人，她如今
正在河上乘船旅行，已经忘了

曾如何抱住我的腿，当我想要
离开房间时。此刻，我不在的某地，
世界历史正在被人决定，
那些我不愿去想的可怕事情
依然继续，从不停止，而我正把

一块点心掰成两半，舔着中间
填充的奶油，给自己又倒了一杯，
举杯向你，亲爱的读者，我很惊讶
你们在世界某个没有我的地方
倾听，并想把我握在你们手中。

阅读莎朗·奥兹时碰翻了我的玻璃杯

牛奶在漫延
半透明的污迹
盖住了牛奶这个词，

蜿蜒而下，流向*子宫*，
流向*伤口*
然后*转向*，朝着优雅的

灰色花朵和印错了的证确数字 [1]，于是突然间
这一页纸仿佛在哭，

就像某个贫穷但虔诚的教区
一尊处女像
正欲流泪。灵液

---

[1] 此处原文为"errless digit"，意思是在读印错的数字，所以故意
将"正确数字"译为"证确数字"。——译注

从眼睛和摊开的手掌流下，
因此当那女孩跪在
修道院院子的雨中

触摸石头长袍上
灰白斑驳的褶皱时，
她的狼疮消失了。我觉得

那个女孩一定感到
圣母自己
已经揭示了

真实世界的本性，
雕像中的女神，
每个词的黑色绽放中

都有面包，我起身
走向厨房——
壁柜是圣器收藏室，

冰箱如礼拜堂——
用我的玻璃杯
再次装满她狂野的圣血。

肉

有人会告诉你
在诗里用这个肉字
表明趣味严重下降，
或想象退化，

或两者皆有。它粗俗，
不雅，是个秽词
仿佛从天而降的铁砧，
砸碎天窗，

落在餐厅桌上，打中
白亚麻布上的丁香花瓶。
但若你在那儿喝咖啡，
这块金属像导弹一般

击中你的碟子，这不正是
你脱口而出的第一个字吗?

难道你不会立马跳开，
喊出这个字，或至少脑中反复

想到此字？你头脑的教堂
一阵狂暴的铃声，
小心翼翼的侍者
将你领开，你难道不会

用颤抖的手肘撑住吧台，
叫上几个月来的第一杯，
告诉自己真幸运
还活着？但若你啥也不说，

只喊一声"哎呀"或"妈呀"
或"天哪"，那好，
我根本不想了解你，
也不在乎你如何看待

我这首诗。世界分为
两类人：一类人的意见有用，

另一类没有任何

头绪，如果你知道

自己属于哪类，我便可

与你交谈，告诉你，有时

只有一个字才能表达

我们想要的意思，就像

你第一次陷入爱情

只会爱上一个人，

只有一个婴儿的哭声

能唤出火热的奶水，

只有一个名字，

你无助之时会向其祷告。

我是说，创世之初便是此字[1]

---

[1]　此句出自《新约·约翰福音》第一句："太初有道。"（In the beginning was the Word.）也可译为"太初有言""太初有词"或"太初有字"。——译注

这个字很好，表示一个人

进入另一人，我至今喜欢
这个字，一个有肉的字。
我想亲近某人可爱的身体时，
便对他说：肏我。

当我们肏时我知道这很神圣，
一首圣歌，一首赞美诗，
铁砧上的一阵锤击
打造出一个崭新的世界。

预兆

那个穿细高跟鞋和紧身裙的女孩
　　是我女儿，在我试衣间前
　　　　大步走来走去，

鞋晃晃悠悠，为毕业舞会而买。
　　她在想该练习如何显得性感。她
　　　　想象不到的未来，

我看得一清二楚：在镜子
　　平静的海面上，一千名勇士启程，
　　　　准备好了

为她的美去杀人或送死。
　　我能看见细小的帆影
　　　　消失在远方，

仿佛即将沉没，被某个忌妒的神

或其他东西所吞噬。她全神贯注
　　盯着镜子，

但她还看不到船只沉没，
　　多少颗心摔碎在岩石上。现在
　　　她正抹平

眼皮上的闪光眼影，和嘴上的
　　深色唇膏。当她送出飞吻，
　　　一阵风

会把巨浪拖至半空，然后
　　它们翻滚而下，碾碎所有
　　　还活着的男人。

谚语

鸟儿起得很早；这是草坪上的拥挤时刻，
汽车飞过大桥，驶进城市，
尽管到处是火。我知道祖母把烤宽面条
端上桌时，讲的那些谚语的真正价值。
祖母看到了那些树，母亲也看到了。父亲
独自在森林里。同时，我们这些孩子
被狼养大；两个错误并不等于
一个正确，这句话指引我走向家。
但哪怕瞎眼的鸡也能找到
玉米粒，哪怕未孵的蛋
也会在篮里摇晃，承诺
某一天会爆裂，孵出天鹅，
不管概率多低，那天多远。

天花板

孩提时，我曾假装

　　　　行走在父母房子的天花板上；

　　我会拿着一面镜子，仿佛盘子或托盘，

正如后来我用它

盛致幻剂一样。

　　　　但在我发现更多精妙的方法

　　来让世界消失之前，

我会从一间房走到另一间，

俯视那面镜子，

　　　　小心翼翼跨过门柱，

　　绕开电灯装置，

快活得像爬上房顶的苍蝇，

或像我想象中的苍蝇那样

　　　　快活，尽管事实上无人了解它们，

它们听起来总是那么愤怒，

发出微小的锯木声——

在现实的房子里，我的大哥

　　　　正要把我父亲猛推进门廊，

　　或拿起一把杀猪刀，

围着桌子追赶他的兄弟；

他会把我从藏身的柜子里拉出来，

　　　　练习殴打弱者。难怪

　　我想生活在纯白色的天花板上，

吸食那些干净的粉末，它们

让我大脑布满星星，难怪我嫉妒

　　　　那些苍蝇，在我们头上乱撞，或

　　追踪糖迹，突然冲出敞开的纱门，

尽管有时，有人会捡起苍蝇拍

把它们打死在

　　　　窗玻璃上——我偶尔也嫉妒这种命运——

但如今我很高兴我在这里，

多年远离我那体面、混乱的家庭，

在一个闪闪发光的环礁湖边度假，

　　　　白鹭蹚水走进它们宁静的倒影，

　　　工人在隔壁屋顶上

锤打、锯木，整天都听见修理的声音。

谈话

这是一首赞歌，献给昨晚的正餐谈话，
它起始于讨论
各种酒如何让人亢奋，
接着我和朋友开始远征，

探索谈话主题的广阔地带，
仿佛我们是早期来到美洲的探险家，
记录湾区部落的人体刻痕
行为，绘制上皮细胞癌

与珍本书籍之间的地形图，
为遥远的国王准备我们的报告：
文学影响的森林，
恢复名誉的旱谷，

左洛复与房屋产权的大草原。
甜点时，我们的谈话最终到达

传说中的黄金城，
北滩托斯卡咖啡的男厕所里

据说为了给墙壁增色而挂的
五张玛丽莲·梦露的照片。读者，
我在此向你保证这一描述是真的。
我们沿哥伦布大道而下，经过凯鲁亚克巷，

谈论某事会导致这一行为本身，
就像谈论，比方说，吻某人，
倘若你幸运，可以导致所有谈话
突然终止——而当我站在那三个

瓷质小便器前，看到她真正的美时，
我知道我得把这幅图传递给你，
也许你会突然感到一种冲动，
想通过谈话进入一场大胆冒险，

比如环球航行
或游遍你家所有房间，或你自己的心，

它从未停止想要告诉你
有什么旅途还没踏入过。

浪漫

记住你曾如何等待你的第一个法式接吻，

　　那个异国术语，结果是一条油滑的鳗鱼

钻入你口中引起的震惊；

　　记住一个男孩的胳膊猛然搭上你的肩膀，

他冒汗的手沿着你的衬衣慢慢摸下，

　　如同一只蜗牛爬向一片卷心菜叶，

还有你如何长大，固执地相信浪漫

　　会把你置于它温柔的白翅膀下

并把你带走，去往某地，那里

　　你绝不会发现所有苍蝇都嫁给了路边

浣熊和鹿浮肿的尸体，或街头小店外的

　　那个男人，与架子上每只布满灰尘的

酒瓶订了婚，或棚里的母牛，渴望被

　　一锤砸在头上，只求一个确定的结局；

你依然在这儿，步入中年，惊奇地
　　发现自己在加州一家寿司吧里，
还有一个男人跪在你面前，
　　几艘运货的木制小舢板漂流而过，

装满了死金枪鱼和海草，
　　他并不向你要求任何东西，
只是完全陪在你身边，在他去停车计时器
　　缴费时，求你不要消失，

而柜台后的那人正打着盹微笑，
　　高高举起砍刀，对准目标，
任其落下，
　　锋利而精准地砍中亮闪闪的鱼身。

缩微物品

我喜欢飞机上的伏特加酒瓶
你可以把它们排列在面板上，
以及精品酒店腌制的
迷你黑莓，卫生间有

小肥皂和小洗浴液，针线盒
一按就有线出来，还有针，
针眼小得看不见。我曾在博物馆
见过某些雕塑，得用显微镜

才能看见三只鸟栖息在
一根发丝上；不幸的是，
艺术家得趁心跳间隙工作，因为
拇指的脉搏会毁了一切。我喜欢

在某片土地上，我们都是巨人，
放肆踏过灌木，蜥蜴飞蹿而去，

蚂蚁四散而逃，它们原本
排队爬向朽木，叶子是其

两倍大小。我不喜欢
望进广阔太空的黑色
深渊，那只会让我
想到未来的巨大黑暗，

不管科学家们说什么
过去的光会汹涌而入。
多年前，我用整套零件为女儿
建了一个玩具屋。经过几个月

断断续续的工作，我总算
把最后一块木片粘上屋顶，
把家具摆正位置，
把一家人放进去。我喜欢

看着父亲在厨房里小便，
母亲在猫脚浴缸里跳舞，

婴儿在楼上打滚。
夜晚，当他们和我女儿

一起被放上床后，我喜欢
站在他们上方，
听着屋子安定下来，
俯视那个世界，

我创造了它，也可拯救它。

吻

所有那些我曾得到的吻，今天感觉都在我嘴上。

我的膝盖感觉到它们，那些不顾一切的吻

透过牛仔裤上的洞，当时我坐在汽车引擎盖

或某人地下室的破沙发上，迷醉恍惚，那些日子

我总那样，还惊讶于男孩，甚至男人，会愿意

像马在河边饮水一样低下他们漂亮的头，品尝我。

我的脖子后部感觉到它们，头发梳向一边露出后颈，

我的乳房感到刺痛，就像产后奶水到来时一样，

全身肿胀，失眠，不停给女儿喂奶，直到我把她

掰开，放进婴儿床里。即使是那些扫过脸颊的

纯洁之吻，额上的父辈之吻，我都感到它们从往日的
　　皮肤下

冒出来，如一阵细腻、玫瑰色的皮疹；还有那些销魂
　　的吻，天哪，

我一想到它们，大脑神经便开始疯狂嗡鸣，向外延展。

每个吻都在此地某处，如一层沙砾般覆盖着我，仿佛
　　我是条

苍白的鱼，在蛋液的黏稠漩涡中蘸过，又在面粉中
　　拖过，

滑进一口深深的煎锅，烤得焦黄。今天我知道我一
　　个吻都没丢。

我的爱在这里：手腕、眼皮、潮湿的脚趾、所有的
　　伤疤，我的嘴

倾吐赞美，依然在问，在说吻我；等我死后，吻这
　　首诗，

它需要你知道它在继续，给它你可爱的嘴，你活着
　　的舌头。

图书在版编目（CIP）数据

爱情之谜／（美）金·阿多尼兹奥著；梁余晶译.
— 成都：四川文艺出版社，2020.6
ISBN 978-7-5411-5518-5

Ⅰ.①爱… Ⅱ.①金… ②梁… Ⅲ.①诗集—美国—
现代 Ⅳ.①I712.25

中国版本图书馆CIP数据核字（2020）第080634号

著作权合同登记号　图进字：21-2019-579

AIQING ZHI MI

爱情之谜

【美】金·阿多尼兹奥 著　梁余晶　译

出 品 人　张庆宁
责任编辑　陈雪媛
特约监制　里　所
特约编辑　修宏烨
封面设计　周伟伟
责任校对　汪　平

出版发行　四川文艺出版社（成都市槐树街2号）
网　　址　www.scwys.com
电　　话　028-86259285（发行部）　　028-86259303（编辑部）
传　　真　028-86259306

邮购地址　成都市槐树街2号四川文艺出版社邮购部　　610031
印　　刷　河北鹏润印刷有限公司
成品尺寸　126mm×185mm　　　　开　　本　32开
印　　张　4.75　　　　　　　　　字　　数　100千
版　　次　2020年6月第一版　　　印　　次　2020年6月第一次印刷
书　　号　ISBN 978-7-5411-5518-5
定　　价　52.00元

磨铁诗歌译丛

已出版